詩集

実在の岸辺に

佐山広平

アジア文化社

目次

詩集　実在の岸辺に

掌の瞶《みつ》める存在に

足跡が風景に投与する歩みの彼方
実在する色彩の地平に形づくる
グリーンピアと名づけられた公園に入る

公園の一郭つばき園が広がる
逝きし妻の愛した椿
椿の花々

やぶ椿　白やぶ椿　白侘助　複輪侘助
眼が触れていく
すると　耳に幽かな囁きが冴する

『白侘助は八部咲きが満開なの……。』

自負心と羞恥にまみれた青年の日々が歩みに交差する
椿園の緩やかな斜面に
白侘助は紅侘助とならんでいる
伏目がちに何か瞶めている白い花
横に並ぶ紅侘助
開花は遠い明日を祈る
幼なすぎる紅侘助
それは
田舎町の澄んだ小川に沿って走る
三輪車の幼児のように

風景の果てへ
記憶が不安な季節を想起する掌

微かにそよぐ気流
青春の自負と羞恥と世界への賭けを星空に歩いた夜の学び舎の日々
堅い星空に白い息を吐いた日々

大気に幻想が匂う声
『椿はぽとりと落ちて音を立てるの。』
ふと立ちどまる足
音の幻想に
掌は遠い明日を見透かす
『山茶花はいちまいいちまい静かに花びらを落とすの。』
落花の異相
音は　舞は　生の終焉
そして幻想の眼は

丈高い二本の山茶花の木の並ぶ　赤い花を刻み
彼方の山の背を　歩みつづける

彼岸に渡る橋の上で　限りなく夢を飛翔する　墜落の予感に　墓の庭の香りに咽ぶ　山あいの町の風見鶏が　神社の境内に散在する　幼さの　少女の記憶に息づく　校庭につづく桜並木

プロムナードのつきあたり
ニュートンのりんごの木が幼い姿で立っている
遍歴するニュートンの木
引力を見出したニュートンの林檎の木
枝の接木が世界を旅する
昭和三十九年のこと
東京大学付属小石川植物園に

そして小石川育ちの林檎の木の接木の苗
プロムナードにひっそり立つ

ニュートンの林檎の木
幼い小学生の背ほどに伸びた林檎の木
日差しに佇み

〝子ども達に夢を与え　科学する心を育てる〟
愛の姿

いつか　僕の中の少年が現れる
図鑑を持ち　ノートを開き
遥かな稜線を眺める

生きる

生きることは幻想からの視野を
青空の遥か彼方へ
生の時間を屈折させる

軋む季節の　時間を失った季節の　淡い緑の　濃緑の池のほとりの　黄色い木々の　赤い葉の舞う木の下の　凍てた空気に身をさらす白侘助の羞恥
歪む季節の　白やぶ椿の白い花の　錯乱の下を　存在の傷みを　拳に瞶め歩む

存在する虚構のように

煌めく光の　闇の光の　記憶に飛翔する　観念の論理
亀裂する生の深淵を描く　縦糸と横糸の覗く　風見鶏が地平線に注ぐ愛の眼差し
行為の虚妄さが夕日に濡れる　悟りの羞恥　悟りの哀しみ
太陽が深みに堕ちる　意織の実在

小川の輝きが空を鳴らす　日々の生
町役場の空色の壁が　生きものを呼ぶ時間
寺の鐘の響きが　余韻に凍る　明日の不安を渡る
外科病院が切り裂く　風景
風のそよぎに
生きることは限りなく淋しい

呟きつづける皮膚の世界
何かが掠める思いに　空の彼方を覗こうとする

季節が降り立つ　杜の境内の　墓の庭の　森のざわめきの　山あいの洋間の　道の石を　記憶が踏む　意識のいたみ
生の表層を生きはじめた　校庭の戯れ　黒板に刻む無知の　白墨に　失う呼吸
少女への愛
桜並木の下　情念の衝動
生きることはとめどなく羞恥に
掌が祈りに触れる流れを瞪める実在の　遠い意識
そして　いつか
小鳥たちが啄ばむ　夕暮れの茜色の雫

澄んだ町の静寂に汽笛を鳴らす列車の響きが　夜空にこだまする

虚構の世界のように
森の　林の　水の流れの　蔵の影の　窓の灯りの
実在する生の虚無を語るむなしさ
意識に囁くひたすらな歩みに
生きることは限りなく哀しい
暗い空への呼吸

現象が錯乱する光の　現象が深淵に堕ちこむ光の
風景に注ぐ光に佇む観念
風景に流れこむ風に佇む観念
虚空に描く実在の限りない墜落
現象が透過する色彩に染まる　少年の世界

季節の風の彼方は

季節は光の煌きに思慕し旅をする
すると　愛にざわめく風が吹く
そして風は旅をはじめる
風の旅　それは
どこから来てどこへ行くのか

風の揺らめきは幽かな匂い
皮膚に触れる静かな時間
だが　生きる心は　柔らかい心は刻みこむ

白い風が山の彼方に消えると

空色の風が訪れる
すると　すべての草や木々は緑色の衣装を纏う
そして緩む水の流れに
人々は生を描きはじめる

いつか光が熱をおび
風景に溢れる
すると　緑色の風が吹きだし
森や林が
そして果樹園の木々が　濃緑に染めあげられる
豊かな日々
少年は支流に蠢く沢蟹に戯れ
少女は清らかな流れに脛を浸し　花を流す

境内は人々に溢れ
神社は祭りの日々を祝福し
人々に語りかける
そして夕暮れ
浴衣の裾の翻り　静かな歩みが音をたてる

いつか肌を灼いた光は風にのり
渓谷に埋もれる
そして紅く煌く風が吹きはじめる
すると　黄色に　紅色に
森や　林や　草原は染まる

山の辺は
黄色の葉が舞い　紅色の葉が道を覆う

人々の歩みは寂しげな西日を瞶め
暖かい夕餉の灯りに急ぐ

いつのまにか　また
山あいの町は
紅い風が薄明の稜線に消え
白い風が現れる

笹は風に揺れて

笹の口からスポークにおされて杉の実は飛びだす
それは　風景を超えて観念の世界に飛びこむ
すると
陽の光は季節を透明に染め
山あいの道におくる

ランドセルを背負った少年が店のまえを通る
少年は立ちどまる
店の奥で少年に微笑をおくる自転車店の主人
微笑みは少年への贈り物
少年は店のなかへ

スポークを手に握った主人が少年に渡す

村の伝説が少年と主人を贖めている
神社のおくの古墳を贖めている
寺のおくの墓の庭を贖めている
そして
口誦された遊びの
杉鉄砲　野兎狩り　すいば漬　雛飾り　五月人形
口誦を背に受け
主人の言葉を掌で受け　少年は夢が膨らむ

朝の光が蝉の声を運んだ日曜日
独り山あいの道を登る少年
意識の描く情景

長く連なる杉林のはずれ
麗しい春が早くおとずれる日向
一面に群がる笹の騒めき

風は緑葉の匂いを
笹の触れあう囁きを陽に縺れさせ
少年をつつむ

遥かな果樹園
さくらんぼが大気に流す香りの羞恥
少年は腰まで伸びている笹に埋もれる
肩にとどく笹は少年に位相を囁く
だが少年は
茎の強さとしなやかさを　桿のひとつひとつを

スポークに重ねるイメージに描く

強い風が吹き　笹が鳴る
黒い獣の奔《はし》る音を聞く
獣の出現に怯える

冬の囲炉ばた
自在鍵の吊るされた
季節が日常を透過する日々
古老が語る誇りと虚構
風景が挫折する稜線の彼方
熊の観念がいつのまにか炉ばたを占める

少年の知がノートに描かれる教室

意識が透きとおる夢の戸棚
引き出しを開けると言葉が次々に飛び出す

太陽の自転の自負
月の公転の無限の放物線
そして
少年の怯え

校門につづく桜並木の坂道を下り
夕餉の香り漂う窓辺の郷愁
床についた少年に
台所の水槽に落ちつづける山あいからの水
雫の一つ一つが
眠りに優しいほほ笑みをおくる

沢蟹が脱皮する白い夢との決別のように
陽が優しく少年をつつみ
沈黙のなか時が流れ
昨日のノートが隈笹を辞書に見いだした鉛筆の視線
隈笹を熊笹に思いこんだ幼さにはにかみ
頬の汗ばんだ少年の手の揺れる笹の葉の囁きに
微笑を浮かべながら山を降りていく

出会いは生の夢幻を

反抗の挫折した鬱屈した日々のひととき
だが
空の美しさが心に沁みた
君の眼差しが眩しかった日
ぼくは光に透ける観念の風景に皮膚の疼《うず》く　重さに　図書館を訪れた
そして　書を開き煌く光のなかでひとつの思考に出会った
それは
実存を思索する書の
存在をつきつけた文字の
ぼく自身をまるごととりこんだ書の衝撃
ぼくは強直した

大学の門を出て帰途についたぼくは
駅舎の壁に背を凭せ
遠い旅を夢想した

午後の講座が休講になったある日
ぼくらは大学のある駅からふたつの駅を越えて
山あいへと乗りついだ駅を降り
君が青春期に学んだ　高校の見えるあぜ道を歩いた

ぼくらが歩くまわりには田や畑が散在し
青い草の匂いがほくらをつつんだ
そして田や畠の広がり
それは

君が幾何学を解く補助線を描いた空間
そして　校舎の背後の丘の辺は　君がリーダーのスペルを綴った　君の視線に
灼きついている空間
それら緑の　青い空のしたを
ぼくらは恋人のように歩いた

山あいのゆるやかな土道
ところどころ石のとがりのある道の辺
不意にぼくは道の辺のつきでた石に出会った
すると　ぼくの爪先のかすかな痛みが記憶を辿りはじめ
遥かな遠い風景につつまれたぼく
そして　風景のなかで遥かな意識を追うぼくに
脳裏を彷徨う少年

少年は水飴の満ちた重い缶を自転車に載せた
手造り飴の職人見習いの少年
水飴は造りあげる　バニラ飴　抹茶飴　金太郎飴やヌガーのためのもの
少年は静かにそっと自転車のスタンドをはずし
おうとつにくねった　ざらついた土道を進みはじめた
少年は緊張に強ばっていた
だが　少年が眼にしたときには
もう突き出た石は自転車の前輪に出会っていた
跳ね返る輪
横倒しの自転車
土道に流れ出した水飴の黒い染み
水飴は土道を
そして　少年の意識を暗く染めた

黒い色彩　闇の空間
それは
暗い道の辺の木造の校舎
はだか電球のぶらさがる教室
学び舎は夜学生の君の仕事するのこぎり屋根の印刷工場に似ていた
君の手にする鉛の活字のようにくすんでいた
だが　君に別の世界を提示した
そして　君は
もうひとつの生を生きることができた
知に心よせる数時間の
感情の躍る詩人たちの文字の
人生の意味を探りつつ生きる書の
生命感に息づく歴史の
知る誇りに存在の自覚を掌を瞶める外国語の

論理を追い重ねる美しい代数の
肉体の疲れを超える知の操作

黒い空間のなか　君は遅い夕食をすまし
明日の仕事の重さが意識を覆う机上に
教科書とノートを開く
そして
窓から斜めに射す薄明かりのした
開いた英和辞典のなかに
大学の門を描きつづけた

いつかぼくが大学の門をくぐりはじめたとき
それはまた　闘争の日々の訪れでもあった
講座のなかのぼく　闘争のなかのぼく

大学生のぼくは　どこか工場労働者の匂いを漂わせていた
ぼくと匂いの異なる多くの大学生たち
そして　闘争の論理にたいするぼくの思い
それら幽かな違いがぼくの意識に亀裂を生みはじめたとき
闘争は急速に萎んでいった

暗く重い月日の時間
ぼくら大学生に訪れた閉塞感の日々
ぼくは高校生時代に魅了された詩人の詩集に埋没し
図書館で出会った実存の思想に生の新しさを見出し
祈りと呟きの時間をノートに埋めた

全集の扉に見る端正な詩人
若くして肺結核で逝った詩人

そしてぼくは
雑誌を開き辞人の恋人の心優しい微笑みを瞶め　明日の明るさを夢想した
そして明るい図書館の窓に眼を注ぎ君に出会った
君はサナトリウムで死んだロマン豊かな作家
静かな生のなかに美しい愛を描いた作家の小説を読んでいた
政治的行動にはいつも加わらなかった君
研究室で常に読書していた君
ぼくは眩しげに君を瞶めた
すると　ぼくらのあいだには静かな微笑が流れた

言葉を交し合うぼくら
大学の庭を散策するぼくら
帰途君を送り　山あいの駅に降りるぼく
君の家の塀の外で

ぼくらはくちづけを交わした

重い日々のなかで
ぼくが大学に通う意味
それは
新しく出会った思想のため図書館に入ること
そして君の頬笑みに会うためだ
君はいつも静かだ
君はいつもひっそりと呼吸している
そうした日々
ぼくは心優しい恋人をのこして逝った詩人に僕自身を擬《なぞら》える

ぼくらは同一の世界を生きている
そしてぼくは　政治的行動から遠く僕自身を処していた

だが　君とともに居ながらときにぼくには幽かな亀裂がうまれた
だから　ぼくには手放せなくなった書
自己存在の意味を形而上的論理に操作する書
それは
ぼくの身体と同一化した思考
ぼくが深く埋没していた観念の　風景の彼方を歩む思想

存在の美しい日々への祈りに

雨だれの滴る暗い色彩に　存在の痛みが幽かに立てる音の　速い青春の日に墜落
する思想の屈折の痕を　背に贖める夕暮れの　大氣の冷やかさを愛した時代をイ
メージする　橋を渡る彼岸への囁きに　紫色に香る線香の揺らぎが　意識の鼻腔
へ伝説を送る　西の空の眼の捉える水平線を　歩む気配が彼方に消える

春の訪れに皮膚が反応し
谷川の水面に映る散歩が心を潤し
山あいの蜂蜜箱の匂いが誘い
深い森の中を捕虫網が麦藁帽子と追う
切ない母への祈りに
白い蝶たちの戯れと薄桃色の花の揺れの

黄と茶の斑の蛾たちの夢への飛翔と
薄紫の花のそよぎの明日の予感

灼けつく日差しに土道が匂う夏の訪れ
記憶が友情を描く水死の白い線に
冷ややかな本堂の読経に凍りつく意識の
橋の上の瞳が少女の頬の薄桃色に昨日のノートをめくる
黒板の前に立つ羞恥の悼みに校庭のランドセルが時をくぐる
校舎につづく山あいを登る追われるものの悲哀の
中腹のダムの放水に曝す心の
沢蟹の孤独を噛みしめる支流への登り

さくらんぼの赤い実をつける樹を羨望する秋の陽の中
山遊びの家族の屈折する思いの夕暮れの窓の灯りに

火のない囲炉裏の虚しさが淋しい
くすんだ家の梁に巣を張る蜘蛛への憎悪
母の歩みを追う少年の哀しみに
白い蔵の壁の虚無の眩しさに
校庭の柔らかな砂場の地の果てへ滑り落ちる恐怖が
町外れの寺の墓の庭をイメージする

町の歴史が車軸を軋ます境内の奥の山車の追憶
あきあかねの羽を貫く日差しの透明さが山へ雪を誘い
水場の水槽が凍る堅い響きの朝の大氣を掌が受ける日の
校門への坂道の雪に下駄の歯が埋まる嫌悪
スキーを履いた重い足の刻むひとつひとつの歩みが
明日への飛翔を導く川べりの雪道を越え
ストックで眼を突いた眩みにスキーが川面に触れる

暗い恐怖に少年の日々を蝕まれた生のイメージ
事象が屈折する世界の闇に　光の覆われる意識の苦痛　遥かをなぞる情念の風景
を　知の作為する論理が引き裂く　深淵の奥で生を祈る父の背を瞶める眼差しは
町役場の戸籍に誕生の確かさを記し学びに身を投与した時間の　堆積が知の鋭
さを生に潜めた日々の　教科書と石像の夢を　虚空の遥かの彼方に祈り　虹の色
彩に刻む

色彩に彷徨うように

夜の舗道で屈折する色彩の　星の煌きに　虚空の彼方からの囁きに　空の抵抗が
君への祈りを拡散する　それは囲繞する愛の気配が　虚無に怯える　観念を裂く
痛みの　歩みのひとつひとつに　過去の想起が明日を形創る時間の思索

少年の好奇心が橋を渡る位相への投与　墓の庭の神秘と思慕の　眼にやきつく
旅を夢見る日々の通いの　校門と桜並木に　重い課題を川の流れに流す　ささや
かな反抗にも似る　追憶に絡む思索

青年の倨驕と羞恥の重層する学びの知　告白する少女の頬への眩しさに　小川の
底の礫に学の観念を埋める　遠い山の辺の谺にノートを晒す　行為の愚かしさ
図書館に羅列さるる書の　羅列する思索

語の錯乱に己を埋めこみ　意味との決別を告げる驕りの日々に　舗道に開く靴音の亀裂　時間への放物線の皮膚を葬る　行為の自己を風景に点在させる　橋の思索

街角で顔のない思想に出会う　M氏の　暮らしのありよう　経済のありよう　時代のありようを仕組み深く描ききった映像ではなく　S氏の　難解な表白の中に　選びによる行為の存在を促す風景でもなく　H氏の　存在を緻密に情念化するものでもなく　脳髄が生の一日一日を肉体に実在させる思想

重層する概念　観念が谷を下る　色彩の意識を拡散する樹木や草原への視線を伝説に注ぐ　つれづれに生きる　読む真摯な命の　実存の祈りを透きとおる小川の底石に語る　思惟の裏切りに出会う予感の　彼方を生きる

くすんだ大気の　肌にざらつく　鼻腔を腐敗させる　新興都市を歩く　意味を拒

否する　行為を読む　行為のかなたを生きる　日の求め　倨傲から裏切った生のように　自負の重みに墜落した生のように　虚像と実像の間を渡ろうとする

夕暮れに煌く学舎の　知の錯綜する教科書の　日常の数を超える虚数の　唾液に汚れた辞書の扉　ひとつひとつ丹念に引かれたラインと錯乱するラインの頁　ひっそりと鞄の奥に潜まれた詩集　模倣と創造の交わり　一人の下級生に渡す手紙　渡されることのない長い年月　電車通りの古書店の書の値段　暗い夜空にいつかの生を措く帰途

神社の森の　墓の庭の　郷愁にも似る　みやまからすあげはの緑の濃い色彩の誘い　選ばれた稚児の歩みを　祭りの境内に真似る羨望の赤い衣装　白い沢蟹を探す支流の道行き　かぐや姫の人柄さえ見事にこなした美しい同級の少女の頬　雪に降り積もられた朝の登校　ぬれきった足袋の痛みに　高下駄の重みに　大声を上げて橋を渡った少年

今橋の此岸で彼岸を見る　青い空から滴る意識の砂のような流れ　意志が時間を
記憶に軋ませる　異相への推移の錯乱を　昼の舗道の観念を裂く　思索する概念
の交差する街並みを歩むと　虚空に消えるビルディングの壁の怯える風景　色彩
を渡り歩く愛の喪失の悲しみの　世界に陶酔する呼吸のように　大気に溶けこむ
ように　色彩に足に刻む

確かに僕らにあった

夕暮れの校門をくぐり知をノートに染める僕ら
そして　夜の匂いを背に校門を出る傍ら
ティルームの椅子に腰をおろし
僕らは時間を遡行する
僕らが奇妙な自負から結びあった原初へ
暗い電車通りを歩く

君との出会いを僕は星空に見る
それは傍らが校門をくぐるため夕暮れの日差しに
代数の公式を描く
英文法の論理を反芻する
時に　心和ませる『詩』の章を道の辺に連ね

歩みの散乱する土の道の微かな音の
空に上る音を辿り
僕に快い音の
君の歩く姿
君の歩く姿が赤い煌めきの中に映り
僕は外国映画を見ている
そして
形而上学的映像を「精神現象学」に埋める

日曜日
僕らが生の意味を　街路に　街並に　停車場に　鄙びた駅に刻む日曜日
麗しい響きの　に・ち・よ・う・び
僕らが朝の大氣に呟く　に・ち・よ・う・び
君の発表会の招待状を僕は手に
公会堂の玄関をくぐる

会は僕の胸にあつくはじまる
そして君の現われ
僕は脇役の君の肢体にプリマバレリーナを見る
だから　僕の限は
君の憧憬するプリマバレリーナ
プリマバレリーナの舞踊を見ていない

僕らは日曜日に
煌めく日差しに生の実在を感受する
通る道の音に　乗りこむ列車の扉に　降り立つ改札口に
そして　風景に
僕らの夜の歩きの重い切なさを　空の青さに　雲の遊戯に
染める
だが夜が僕らの世界

いつものような僕らの世界
ティルームまでの窓辺に座りコーヒーのたちのぼる匂いに溶けこみ　語る僕ら
問う君
『プリマバレリーナの舞踊を』
突然の問いに羞恥する僕
だが　僕らの愛は確かめられる
そして
僕らは永遠につづく傍らの日々を夢見る

君が学校を休む日がつづき
出会いの日
君は暗い顔をする
夜の重さを身にまとう日々のように
暗さを放射する
君は語る

君の師が内弟子の君と共に首都に舞踊を実験する
飛躍を明日に期す

君の愛は躓き　僕の愛は虚空に錯乱する
何も見ていない僕
そして
立ちのぼるコーヒーの蒸気に
明日が消える

僕は賭けようとする
首都への大学の受験に
だが僕は復讐を受ける
うらぎりつづけた学習に復讐を受ける
文学には人生がある
日々ノートを埋める代数の　英単語の

人生がない学習
溺れつづけた詩や小説の世界へ
そして　ナルシシズム
遥かに遠い受験の試み
いくつかの失敗に僕は軋みつづける
僕の明日は　時間は軋みつづける

だが　確かに僕らにあった
おずおずとした口づけを唇に記憶する僕の日々
ナルシシズムに病みつかれた僕の
掌が記憶する
君の皮膚の匂いは
僕の観念を虹の色彩に運ぶ

暑い夏が好きだった

夏の日差しを浴びて黒い少年が行く
眩しい光に夢をのせて
山道を歩く
新しい登山帽が少年の意志を広げる道の辺
薄桃色の花が贈る挨拶
黄色の花が語る祝福
捕虫網の空気を切る動きの
少年の口を洩れる喜び
虫籠のあわいに匂う色彩

眼に煌めく川の漣
肌に揺れるかげろう

幼い少年が水の中へ
幽かな恐れと羞恥の滲む水泳パンツ
水底の小さい足のゆらめき
突放烈しい水しぶきの音が響き
少年を追いこして抜き手をきる六尺褌
羨望の眼が追う波の向こう
少年の明日が輝く

かげろうを立ち昇らせる暑い日ざしの中
家の前を流れる水路の水が撒かれる夕暮れ
水撒きにつれ陽に煌めき
少女の浴衣が白い肌に映える
色彩を撒き散らす水滴の渦の雫
輝きの彼方に
少年の眼が灼きつき

恥らいに石を水路に投げる
川遊びに焼かれた肌の痛みを超えて
標本箱の蝶を数える
蛾を数える
油蟬を　みんみん蟬を　蜩《ひぐらし》を　数える
眼に現れる
森の　神社の社の伝説の
豊穣なイメージ

山の辺のさくらんぼの花の
なしの花の
こぶしの花の
匂いが白いシャツにつく皮膚の潤い
竹やぶの古い説話に

浴衣の少女がほの見える
情念の形象

熊笹のそよぎの竹鉄砲
野うさぎ狩りのさぐる視線
野辺の穴を　穴の彼方を
残された夏の課題
ところどころの文字の羅列
林に　草原に　川底に
埋没しつづけた暑い夏の日々を
夢の世界に歩みつづける果ての
生きる日々を虚構に深める
限りない風景

存在の美しい日々に

夏の匂いに光が煌めく日々
油蟬が木々の幹に羽根の色模様を滲ませ
みんみん蟬が木の幹に愛を刻む
存在の優しさに
山あいの道の石を踏む
意識への存在のいたみ
明るすぎる青い空に
僕の中の少年が現れる

光が墓の庭に眩しく溢れる日
祈りの花々が輝き

線香の香りが満ち
空に立ちのぼる
匂いの陽に囁く
存在が透きとおり
小鳥たちの祈りが陽の注ぐ甃《いし》に降り立つと
僕の中の少年が現れる

蜻蛉の羽の滑走する池
水面の漣の中
放物線を措く遊戯の誘いに
透明な捕虫網が舞い
林の中の黄あげはが羽化の記憶を辿り
限りない空への飛翔をこころみる
こならの幹をかすめ

くぬぎの葉末に触れながら
愛を囁く気配に
僕の中の少年が現れる

存在の美しい日々
祭りの稚児を羨んだ社の庭
担任教師が僕を劇へ
配役の一言のせりふに
はにかんだ教室の追憶
白い少女の家の雛檀に魅せられ
大きな屋敷の庭に落ちる滝に意識を沈め
凍りついた池の深みに
沈黙の生を生きる鯉の静かな眼に瞶められる

川べりの蔵の連なりの
香りが生に映える
存在の美しい日々

幻想する遥かな愛を

光が散乱する意識の風景
水の流れが沁みるように
心の襞に校門の時間が流れこむ
西日の射す青色の道を僕は歩いている

それは夜の校門をくぐる僕の日々が年を重ねた愛を幻想した日
僕の眼がとらえる
僕のまえを夜に学ぶ少女が
一人の少女が
僕に印象を与えた華奢な少女が
それは僕が君に出会った日

僕は夜に学び二年が過ぎ

僕の青春が学校の論理に疑問を投げかけ
電車通りの古書店で古雑誌を買い
ノートの奥にひっそりと詩を書きはじめた日の
感性の透明さが情念に溺れ
数学の論理に生を重ね
学習から遠ざかりはじめた日

入学の初々しさが彼方に
古着屋で買い求めた学生服の袖がすりきれはじめ
青春の奢りが教師の人格を意味づけし
英語の　物理の　化学の　すべての教科書の論理に反発し
知の錯乱に
知の自負に
肉体の疼きに夜の深淵を見る日々

君は眼を細め煌めく夕暮れの光に
眩しさに横顔を風景に描く
美しい情念を僕に生まれさせる
君の歩み
マリリン・モンロー
僕が君につけたあだ名
それは僕の肉体の奥に潜む疼き

いつのまにか僕は君と歩みはじめる
君の抗議の日
新入生の君の
避けようのない僕への魅力
あだ名と実在の乖離に
僕はとまどう

いつか僕らは和解し
夜の舗道を
薄暗い街灯の下を
そして古書店へ
君はバレーの発表会の招待券を僕に
ティルームのウインナーコーヒーを前に
瞶めあっていた僕ら

遠い日に君と隔たった日
そして君に出会った
それは
君に出会った夕暮れの道の
観念の生の意味を
僕の生に刻んだ日

陽の煌めきに遠い季節が透けて

季節がおりたつ空の下
遠い記憶が風景に流れる
古びた列車の走る
山あいの鄙びた町を訪れた

澄んだ大気のなか
ひっそりした道筋の物音に皮膚が反応する
生活の匂いがイメージに重なる家々
墓の庭の線香の香が意識に流れこみ
神社の境内の子どもの甲高い声の行方に
森のミンミン蝉の瞳が瞬きする

学校に連なる吊り橋の上の小さい靴あと
遠い小学生が橋を渡る
すると
ランドセルの走る音に橋は微かにほほ笑む
そして流れの中で河鹿《かじか》が耳を欹《そばだ》てる
少年が孤独に通る影
僕の記憶は少年の後を追う
学校正面の時計　屋根の風見鶏　校庭の鉄棒
懸垂のできない悲しみの日々
桜並木の坂道の土についた下駄の歯
町役場の板壁に沈黙を刻む蛾
細い路地を喜びに弾んで走り出した日
不意の自転車との出会い

軒の前の雪を流す水路に落ちた　血の流れる脛

幼い日の友人の父の営む病院のまえを通り
記憶にのこる美少女との出会い　偶然の出会いをウインドに措き
僕は洋品店のある道を歩く
だが　店の窓ガラスはただ夕暮れの日差しに煌めき
見知らぬ男が水を撒いている
僕は悲しみを記憶におくり
いつか小学校の校庭に立っていた

夢に煌めく君を

僕は遠い記憶に追われ
窓に射す柔らかな日差しの眩しい光につつまれる
観念の君のほほ笑みを瞶め
レールの寂びついた駅に降りた

駅は遥かなイメージの錯綜に重なりながら
澄んだ大気を染める季節の匂いを僕におくる
いりくんだ道のひとつひとつの
ひっそりした物音を僕の記憶が歩む

僕らは
呉服店の前を　洋品店の前を　電気店の前を

金物屋の前を　雑貨屋の前を　理髪店の前を通る
そして　イメージの煌めきが店を覆うお菓子屋の前を通る
だが
かつて僕がひたすら憧れた和菓子屋の前
華やいだ色彩のウインドに
僕の意識は軋み幽かな叫び声をあげた
町の伝説が木々を緑に描く境内を
町の伝説が立ちのぼる墓の庭を
僕らは歩いた
爽やかな物音と微かな匂いを瞶める意識を
僕らは歩いた

通り道に広い縁を見せる家々の前を
家の奥の彼方　庭の植木の緑の

朝餉の匂いの漂う風を受けながら
僕らは歩いた
そして
僕らはいつか峠道を歩いていた
店の前に床几の置かれた
店のなかの炉の上に
自在鉤に
鉄瓶が吊された
懐かしい風景の
老爺が優しい光をおびた眼で瞶める
峠小屋の前に来ていた

床几に腰をおろした僕と観念の君
僕らの歩みを　僕らお互いの肌の囁きを

そして僕らの愛に
眼を注いでいた老爺の
慈悲の道の辺の石仏の神の眼の
光のなかで僕らは休んだ
すると
ただ　僕の記憶の　観念の君の
ノートでの出会いの
教科書に佇む
安らぎは遥か彼方へ静かに流れていった

季節の風の彼方は

季節は光に乗って旅をする
すると季節への愛にぎわめく風が空を流れる
それはまた風の旅
だがどこから来てどこへ行くのか誰も解らない
ただ風の揺らめきを
生きる心は　柔らかい心は刻みこむ
白い風が山の彼方に消えると
薄い空色の風が訪れる
するとすべての草や木々は線色の衣装を身に纏う
そして緩む水の流れに
人々が　明日を描きはじめる

いつか光の熱が風景に溢れ
緑色の風が吹きだすと
森や林が
そして果樹園の木々が
濃緑の匂いを人々の日々に染め上げる
沢に沢蟹の蠢きの愛
清らかな小川の流れに飛躍する魚たちの生
浴衣の裾の翻り
夕暮れの涼しさに散歩が身を浸す

いつか熱く肌を染めた夏は風にのり深谷に埋もれ
紅く黄色に煌く風が吹きはじめる
すると　黄色の葉が風景を描き

紅い葉が舞う
寂しげな西日の輝き
郷愁に似る夕餉の灯への急ぎ

いつのまにかまた　静かな山あいの町は
虹色の風は薄明の稜線に消え
白い風が現れる

孤独の生の美しさは

澄んだ水の流れる高原川の
清らかな山あいの支流
せせらぎの音と静寂な沢
光の眩しさが空に放射する水底に
赤いやつ　紫色のやつ　茶色いやつ
眼を突き出すやつ
さーと岩陰に隠れるやつ
ゆっくり川底を歩むやつ
豊かな色彩と生のいとなみ

一生を淡水に過ごす彼ら
個性的な彼ら

孤独な彼ら
世界は狭い彼ら
純粋な彼ら

彼らの生は深い
友情は篤い

愛の溢れる岩の狭間を
爪で探る
真の流れる水面を
甲羅でとりこむ
無限の知が静かにおりたつ青い空を
突き出た眼にやきつける
狭い世界に生きる
彼らは純粋な生に生きる

実在の岸辺に　I

風が吹いている
漣が立っている
岸に流れ寄る波紋
ひとつひとつ

空は青い
澄みきった大気
幽かに揺れる幻想
意識に　寄り添い　寄り添う
思いが岸を訪れる　記憶の想起の形象

概念のひとつひとつが
自立する存在を主張する
観念化される思想
生の実在が虚空に曲線を描く

少年の日々の　生きる身体
森を翔る　捕虫網が舞う　もち竿の切る大気
鱗粉をまき散らす羽根の　球形の裸眼のくるめきの　花々への　水の面への　囁き

夜に誘われる少年
林の草地に溢れる樹液の臭気　小楢の幹の濡れ　掌が掴む甲虫　動く足の棘
少年は祈り思う　甲虫のより高くへの飛翔
甲虫の上翅を毟り高くへと放つ　無残な墜落

街角を曲がる歩みの足裏に　後悔と痛みが奔《はし》る
星空に青春を懸ける夜の学び舎のノート
自負と驕りの錯乱
繰り返し読む「The Water Babies」のアンダーライン
幻想の愛を夢見る　夜の校門を仰ぎ見る
暗い学舎への道　軽やかに歩む女子生徒ら
細やかな後姿の揺れる下肢を眼に英単語をくくる　思いつづける月日
いつか僕らは寄り添い歩く　掌と掌を合わす日々の囁き　街角の抱擁

星のない空の暗さにいつか掌からもれていく抒情の世界

街角を曲がる歩みの足裏に　後悔と痛みが奔る

書の厚みに知を滲ませる陽の下の　樹々の梢の風にそよぐ思想の　日々に通いは

じめる大学への道　遅い青春
はるかに若い学友たちのざわめき　陽の照らす光の中の知りえなかった世界
明るい声々

細い指がピアノをたたく緊張に注ぐ眼差し　ふと顔を見合わせ微笑する日々の
知りえない　遥かに遠い　豊かな生の煌きの　穏やかに自足する姿勢
下町に生を置く　厚い書を机上に置く知の滲みの誇りの　いつか乱れ　歪みに呻
く　街の倦怠のように遅い青春
ティルームの紫煙が　椅子の　卓上のコーヒーの水蒸気に絡む
生きる悔恨に似る　つり橋から身を流れにのりだす遠い遊びの日々のように
呼吸する　痛みのように　智を遡行する情念の懸ける　想念を街路樹の梢に吊る
す　街路に点在する死の形

失った多くの愛への　憧憬

日常と非日常の狭間に思想を埋める
時の向こうの日々のように

此岸に生きる日々のように
公園を歩む　甃《いし》の上を歩む　陽に怯える舗道を歩む
街角の灯の孤独の
プラットホームに佇む孤独の
遥かの風景にレールの消える郷愁の
虚構の日々

実在の岸辺に　II

存在の煌きが地平を奔る
存在の吐息が大気に絡む
淑やかな日曜日
白い少女をイメージする記憶の
遠い日の山辺の土道を
街路の舗道に描き
虚空に拡散する色彩の下を歩く
そして
波立つ意識を瞶めながら
明日の不安にふと佇む

遥か彼方に軋む
吊り橋を渡る足裏の時の刻みが
幻想の愛の橋を渡る
セピア色のノートの文字に生を埋めた
森の伝説を脳裏に描く

彼岸が実在に構築される
墓の庭の線香の立ちのぼる薄紫の
蝋燭の立ちのぼる揺らめきの
少年に語りかける
構築する此岸の彷徨い

インクの匂いがたちのぼる教科書の

言語遊戯に似た問いかけに舗道を歩む
古書店の誘いに
饐《す》えた書棚への愛の
夜空を駆ける掌の愛撫

生の重みを観念が超える
思想への投与を図書館に見る驕り
日常の意味を背後へと行為しながら
手の届かない女性への情念を山辺の寺の甃《いし》の奥へ
そして描く明日の風景　幻想の世界

街灯の概念が舗道を照らす　ビルディングの蔭の　哀しい駅の改札口を歩む　胸
に置く掌の贖める時間　饐える制服の袖が　流れる電車の窓に触れる揺らぎの
レールの冷ややかさ

時の過ぎる背景に身をもたせる　喪失の皮膚の　喪失の深淵の日々

癒しを求める散歩の足の愛撫は
グリーンピアと名づけられた公園
薔薇園　椿園　プロムナード
交配に蠢く人の手
その果ての名づけ
数えきれない名を持つ薔薇に椿

覆輪侘助　胡蝶紋侘助　やぶ椿　細雪　四海波　大城冠　春の台
西王母　薄菊月　秋風楽　岩根紋　絵日傘　絵姿　寿老庵　日暮
黒椿　羽衣　吾妻絞　天人の庵　藤娘　千羽鶴　烏丸　窓の月　……
花咲く形も色彩もイメージできない椿

ニコロ・パガニーニ　芳純　マリア・カラス　光彩　連弾　ニコール　ブライダ
ルピンク　ショキング・ブルー　紫雲　ブルーバユー
銀世界　讃歌　ザンブラ９３　バレンシア　サプライズ　ゴールデンハート
アイスバーグ　マダムサチ　ローラ　チャールストン
　桜貝　……
イメージを描く意識がとまどい自我を喪失する
これら薔薇
だが
錯乱する交配の手の傲慢な
嬌声に似る微笑
文化の伝統の侘助ら
白侘助　紅侘助　やぶ椿　白やぶ椿

土道の歩みに立ちのぼる郷愁
八部咲きが満開の白侘助
自負と羞恥の青春を咲く自侘助
だが人工の倣岸さの満ちる時
季節を失った白やぶ椿の開花

これら季節への敬意を歪める軌みの悲哀
論理が追い求める果ての
自愛が
風景を
思想を
文化を
伝統を
裏切る哀しみ

遠い日の少年が絶望に
日々が呪われる
透ける世界に浮かぶ公園の中
郷愁が描く現象が丘を駆ける川の流れの憂鬱

公園の軋む季節の日々
舗道の足音は拷問に呻く脳髄の囁きのように
汚れのない教科書が無能を嘲笑するように
時間の裂け目に墜ちる

実在の岸辺に　Ⅲ

掌の　肌の
触れない
眼の　心の
見られない
耳の　意識の
聞かれない
存在

川べりを歩き
触れようとする
見ようとする

聞こうとする
水の煌きが記憶の遡行する虚空を見る

街道を通る皮膚に刻まれる会話の
概念に描いた地図の向こうに
掌をさしのべる
感触の未知を探る哀しみが
存在を知る
愛の試み

流れを見つめる意識の
橋を渡る
欄干をなぞる
存在への囁きが

世界の形相を眼前化する
感受する生きることの哀しみ

街角の虚空の中に
知を埋める
意志の試みが
透きとおる日常の行為を色彩化する
世界の微笑みを
羞恥なく哀しみに描く

世界が現れる予感に
虚空に背を映す姿勢に
囁く実在の岸辺

実在の岸辺に　Ⅳ

現象の溢れる想念の流れが　大気と地表を覆うように
知の追う思想の　情念の囲いこむ　谷間の深淵に
血の流れの行方が　脳髄を開く
沈黙の闇の煌く　虚構の朝のように
透けた姿が風景にはりつき　白い影が空を歩く

街角が闇に拡散する日の　収斂する舗道の上を歩く
不安の中に　顔のない思想の蠢きが
地平線に顔を出す羞恥の　川底を探る視線の傷みが　虚構を開く
父たちの死の闇の映像のスクリーンに
光る苔の雫に　世界が青春の煌きのように

知の恐怖が見る学の　透明な影が改札口を通る

レールの彼方
森のイメージ
草原のイメージ
湖のイメージ
駅
トンネルのイメージ
峠のイメージ
並木のイメージ
都市
舗道のイメージ
美術館のイメージ
古書店のイメージ
観念

寺のイメージ
神社のイメージ
ダムのイメージ
白い少女のイメージ

地層を降りる足の彷徨が　砂に犯される漣のざわめきに
遠いノートを振り返る身動きの固着した岩の
明日の出会いを祈る掌のそよぎの
陽の覆う概念をよぎる微かに匂う皮膚の
ささくれる大地への愛

実在の岸辺に　V

……わたしは生きることにかぎりない喜びを感じており、死ぬことにかぎりない満足を抱くであろう、……モーリス・ブランショ　「白日の狂気」

墓の庭を郷愁する　意識が　実在を超えんとする　身震い
いつかの日への愛が　時間を遡行する揺れ
大気への刻みが　響きつづける
日常への抱擁が　虚空に円を描きつづける
聖女の眼差し

町の守り　神社の境内を　日々の歩みが　木々に語る　掌のそよぎ
明日への祈りに　川底の石たちが　流れにことづける　彼方

蝶が光を愛撫する　皮膚の観念が　夕暮れを招く　と
町役場の空色の壁に　おびただしい蛾の訪れを　沈黙が迎える
白い教科書に　いつか青春をむかえる　唱歌の響き
そして夕暮れの光りの中で
縦横する街路を廻る幼い遊びの　ロマンが
いつかくる哀しみを　稜線が描く

森を廻る　林を徘徊する　生の息吹を
橋を渡る　此岸から彼岸への
世界を夢見る　学び舎への坂道
桜なみ木の色に染まる　白い少女の微笑み
君の口ずさむ　祭りの日の屋台の　竹笛の音に
青空が鳴る　透明な彼方の
軋む記憶を　寺の鐘楼が鳴らすように
囲繞する平和を　伝説が拒否する

都市の風景の　並木道の　遅い青春が描く校門
難解な言語へ参加する　讃歌への道
夜の学びが　ささやかな誇りに　見えない時計の校舎
日々の夜が　永遠につづく土道の上の　生は
白い乙女に思いを告げる虚構
歩む少女の背が　なまめかしく　古書店の棚に似る
重い厚い書を　教科書のあいだに忍ばせる虚栄
夜道に錯乱する　崩壊する　星の下を歩む日々
郷愁への時間の遡行

屋根の上の風見鶏へ　挨拶を送る小鳥たちの愛
囀りの愛撫は観念をうみだす
小川の流れに思想をみる情念

辺境の町の存在の確かさ　乾いた　潤う　胸奥の　培う深層の世界
鳥瞰する意識の　青空を流れる　論理に投与する生

あとがき

詩を書く時、僕の想念は生きてきた過去を遡る。遥か遠くにあるもの——幼年時や中学時代、また定時制時代、そして大学時代へと遡行する。懐かしくこちらから遡るだけでなく、過去の方からそれ自身が命を持っているように現在へ歩みよってきたりする。過去が鮮やかに息づき、立ち上がってくる。僕は意識に浮かび上がってくるその一つ一つの命のようなものを言語化する。

現在から過去へ、過去から現在へ、遡及と現前への過去との懐かしい往来は時間の「橋」の構造を僕の中に持つ。

此岸から彼岸への道行き、行き帰り、それは詩を書く場合だけでなく、現実に橋を渡るときにさえも僕は眼に見えない彼岸に架かる「橋」を見てしまう。

そうした時、無論此岸は、現実であったり、僕が立っている場であったりし、また彼岸は、遥かな過去であったり、遠い明日であったりする。また黄泉《よみ》の世界のように彼方に深い喉を開けて浮かび上がってきたりする。存在するものの彼方に、見えないものとしてありながら、彼岸は痛切なものとして現象を拡げてくる。

此岸と彼岸をより強く結び、「橋」上の過去と現在の往来をより繁く可能にするのが、僕の場合観念的な言語である。遠い「橋」をより遠く、より遥かな渡りとして強固にしているものが、僕の中の観念的な言葉である。それはいわば僕の「橋」の詩の世界において橋桁の構造と役割を僕の中で果たしている。その色のない連結的な言葉が、橋の強度をつくり、支え、過去への愛惜を僕の実在とともに可視化させると言えよう。

僕が青春時代に詩を書きはじめたとき、そのまま想いを連ね散文を行分けすれば詩になると思っていた。が、ある時そうした言葉の使いようだけではその言葉の持つ奥行きや陰影を深めていけないのではないかと思いはじめた。そのとき言語の中に構造を組み入れ、抽象的だが強度や変形の可能性を宿すものとして観念的言葉を流し入れた。それは僕の詩に、構造と強度を与え、時間的な遡行をより可能にし、過去との往来をより自由にした。

そうした僕の詩語が極めて観念的だという批判をしばしば受ける。しかし僕はそれによって得たものを大事にしたい。

むしろいま、ここに新たな詩集を出すにあたって、逆にその色のない観念的な言葉に、実在を求める作業をしてみたかった。抽象的な言葉には、存在そのものはないのか。色調や音色はないのか。観念的な、無機質な言葉も、私の生きていることに沿って存在している。私が死ねばその観念の言葉も同時に消えていく。それはやはり私の命なのだ。私の「橋」を支えてくれてきた、地味だが強靭な、その観念の言葉に、私は愛惜を込めて光を当ててみたかった。

それは青春時代に培われた私の言葉であり、私とともに消滅していく言葉なのだ。

Profile ＊

佐山広平　　さやま　こうへい

1934 年生まれ

菓子問屋の小僧、手作り飴の職人見習い、印刷工場の工員の間に愛知県立瑞陵高等学校定時制に入学し、卒業

国立愛知学芸大学国語科卒業

愛知県立高等学校の教諭として６校を歴任

趣味の陶芸において５回の個展と１回のグループ展を行う

「文芸思潮」現代詩賞最優秀賞・優秀賞２回・奨励賞２回

2010 年「文芸思潮」現代詩人賞受賞

「宇宙詩人」同人

詩集「散乱する実在に」（近代文芸社）詩集「時の彼方に」（アジア文化社）詩集「水の流れに」（アジア文化社）評論集「文学論―表出への実存主義」（近代文芸社）

現住所〒 487-0011　愛知県春日井市中央台 7-12-18

詩集　実在の岸辺に

平成二十七年十一月二十八日初版発行

著者　佐山広平

発行者　渡辺政義

発行所　アジア文化社

文芸思潮企画

〒一五八・〇〇八三

東京都世田谷区奥沢七・一五・一三

電話〇三・五七〇六・七八四七

印刷所　モリモト印刷株式会社

定価　一三〇〇円（税別）

E-mail asiawave@qk9.so-net.ne.jp

ISBN 978-4-902985-72-6 C0092 ¥1300E

Printed in Japan